KB080553

당신은 나의 높이를 가지세요

창비시선 455

당신은 나의 높이를 가지세요

초판 1쇄 발행 / 2021년 3월 26일

지은이 / 신미나
펴낸이 / 강일우
책임편집 / 이진혁 박문수
조판 / 박지현
펴낸곳 / (주)창비
등록 / 1986년 8월 5일 제85호
주소 / 10881 경기도 파주시 회동길 184
전화 / 031-955-3333
팩시밀리 / 영업 031-955-3399 편집 031-955-3400
홈페이지 / www.changbi.com
전자우편 / lit@changbi.com

* 이 책은 2016년 서울문화재단 문학창작집 발간지원사업에
  선정되어 제작되었습니다.

당신은 나의 높이를 가지세요

신미나 시집

창비

차
례

제1부

제2부

제3부

제4부

제 1 부

지켜보는 사람

한알의 레몬이
테이블 위에
있다
오래전에 있었던 것처럼
금방
사라지기라도 할 것처럼

눈을 감아도 레몬은
레몬으로서 있다
깨끗한 진심처럼
조용하고
단순한 그림자를 만든다

한알의 레몬이
눈앞에
있다
그것을 치우면
레몬은
과거형으로 존재한다

흰 테이블보 위에
레몬이 있다

눈을 감아도
레몬은
레몬빛으로 남고

나는 그것이
사실이라고 믿는다
진심으로 보인다

흰 개

다리 위에서
흰 개가
내 쪽을 바라보았을 때

나는 알아차렸다
그 개는 오래전에 죽은
나의 할머니인 것을

할머니는 따라오라는 듯
걸음을 멈추고
나를 돌아보았다

꿈에서도 할머니는
마르고 쓸쓸한 개

우리는 같이 걸었다
예전에
그녀가 살았던 곳

우물 옆 흙집
파꽃 핀 채마밭을
빨래터를 지나
언덕 위의 장로교회
논물이 반짝이는 논길을

좋겠다, 할머니는
다시 태어나지 않아도 되니까
다음을 내려놓았으니까

나는 할머니를
오랫동안 끌어안았다
품에서 흰 것이 빠져나갔다

조용한
눈물이 귀로 흘렀다

무이모아이

엄마 배 속에서 중얼거린 말
무이모아이
귀신이 내게 가르쳐준 말
무이모아이

당신이 흰색과 흰색에 대해서만
말하는 사이
흰색이 되려다 정지한 회색

희미해지지 않으려고
귀밑의 점 속에 숨은 영(靈)

무이모아이, 내가 흘려버린 이름
까맣게 죽은 피가 발가락을 적시면

무서워 말고 무릎 속에 숨으렴
주름을 열고 들어와 얼굴을 감추렴

그러나 무이모아이

너는 치마 속에 숨지 않지
내게서 가장 멀리 달아나려고만 하지

무이모아이, 무이모아이
양팔을 길게 뻗어 중심을 잡으며
철로 위를 걸어가지

부드럽게 휘어진 철길을 따라
혼자서 부르는 돌림노래
무이모아이, 무이모아이
사라진 여름이 되지

파도의 파형

하나부터 열까지
수술 등이 켜지고
눈썹까지 들이치는 피의 태풍

쉿, 그 아이가 나타났다
인중에 손가락을 대고

방파제가 보이는 곳까지
데려다줄게

아이는 말했지만
거기가 어디인지 몰라

양귀비꽃밭인지 목화밭인지
수천개의 은도가
절벽을 깎아 치는 해안가인지

따라갈 수 있을까
몸을 벗고 가는 곳

어린 날의 내 영혼이
돌고래처럼 이마를 빛내며
솟구쳐 오르는 곳

그러나 마지막 아이는
아직 이야기가 남았다고 말하지
떨리는 어깨를 돌려세우지

누군가 팔을 흔들어
깨우지 않았더라면
이름 부르지 않았더라면

깨지지 않았을까
입술이 파란 아이
찬 기운만 남은 아이

파과(破瓜) 1

가난은 부끄러운 게 아니라고
목사님이 말했는데

손가락이 하나 없는
언니의 머리는
쓰다듬어주지 않았다

헌금함이 돌아오면
우리는 헌금하는 시늉을 했다

무슨 잘못을 했는지
말해보라고 했다

콧등을 내려다봤을 뿐인데
너희는 착하구나
부끄러움이 뭔지 아는구나

해바라기가 해를 원망하며
비를 기다릴 때

고사리처럼 몸을 비틀며
지렁이가 죽어갔다

파과 2

해바라기가 피었을 때
언니와 나는
마루에서 메밀국수를 먹었다

마흔이 되어서도
예순이 되어서도
언니는 그 자리에서 국수를 먹는다

늙지 않는 언니
내가 태어나기도 전에 죽은 언니가
아직도 마루에 앉아 있다
내 얼굴을 하고 앉아 있다

해바라기처럼 넓은 얼굴
근심은 귀가 밝아지고
나는 눈이 빨간 토끼처럼 자주 놀랐다

복(卜) 자 모양으로 나뭇가지를 꺾어
원을 그리고

팔다리를 집어넣으라고 할까?
그림자를 지워버리라고 재촉할까?

언니는 아무것도 몰라
눈꺼풀에 검은 재를 묻히러 온다
다음날을 표시하려고

흰색 붉은색
기를 매단 대나무
해바라기를 태운 이 집에
누가 먼저 다녀갔다

적산가옥

나를 만난 것이
나쁜 꿈이었던 듯 살길 바라요

손바닥을 펼치면
마음에 이리도 많은 적이 기를 세웠으니

신발을 세워 물기를 빼던
댓돌은 사라지고

향만 취하고 술은 뱉듯이
나는 여태 빌려온 사랑
주인 없는 이별만 하였습니다

이제 알 것 같아요
태양이 실눈을 뜨면
금을 쪼갠 듯 빛이 새요

구름이 해와 합쳐질 때
처음으로

당신 속에 들어갔다 나왔습니다

복숭아가 있는 정물

그대라는 자연 앞에서
내 사랑은 단순해요

금강에서 비원까지
차례로 수국이 켜지던 날도

홍수를 타고
불이 떠내려가던 여름
신 없는 신앙을 모시듯이

내 사랑에는 파국이 없으니
당신은 나의 높이를 가지세요

과육을 파먹다
그 속에서 죽은 애벌레처럼
순진한 포만으로

돌이킬 수 없으니
계속 사랑일 수밖에요

죽어가며 슬어놓은 알

끝으로부터 시작이
말려들어갑니다

마고 1

갓난이였을 때 죽을 고비를 넘긴 적이 있었다면서
어머니가 마고 이야기를 들려주었습니다

마고는 손톱이 고사리처럼 돌돌 말렸는데
긴 손톱으로 땅을 긁으면 온 천지가 아이, 시원타! 기지개
를 켜고
재채기 한번에 산을 쪼개는 크고 힘센 할미

마고는 곧 저승으로 떠나게 될 아기들이 가여워
제 명과 맞바꿔 아기들을 살린다고 했습니다

아기의 숨구멍에 홉, 하고 입김을 불어
군밤을 식히듯이 오른손 왼손 번갈아 둥글려
경단처럼 된 것을 여우처럼 물고 다니는데

마고의 입에서 아기의 입으로 옮겨주면
꺼져가는 숨을 살릴 수 있다고 했습니다
마고와 눈이 마주친 아기는
경기를 일으켜 그 기억을 지우게 된다고

내 혼도 어려지고 싶을 때가 있으니
어떤 날은 어머니가 들려준 이야기를 좇아
눈보라 속에서도 꺼지지 않는 불티를 따라갑니다

기척 없이 어루만지다 사라지는 손
마고의 백발을 땋아 그네를 타는
아기들의 웃음소리가 울리는 설산으로 갑니다

미당(美堂)

당신과 내 나이를 더한 것보다
오래 산 나무가 있습니다

물난리가 났을 때
미륵의 머리만 떠내려왔다는 땅에
어머니는 나의 태를 묻었습니다

하천이 범람하고 낙과가 무르고
내 안에서 자라던
큰 나무가 넘어가고 있습니다

기둥으로 세울 수 없는 시간은
누운 채 떠내려가기도 합니다
물에 쓸린 물풀이 한 방향으로 휘었습니다

당신이 누웠던 자리
베개 가운데가
움푹 들어간 것을 봅니다

어쩌면 당신은 다음번 가을을
손바닥으로 짚고 설지도 모릅니다

오후 세시

쟁반에 무당벌레가
날아들었다

갸웃거리는 더듬이의 궁리
시고 붉은 향로를 따라

보라, 이 고요한 집중을
무당벌레는
자신의 무늬를 조롱하지 않고
앞으로 간다
골똘히 간다

과도를 세워
무당벌레를 막는다
오른쪽에서 왼쪽으로
뒤에서 앞으로
일어서는 벽
물러서지 않는 벽

그는 잠시 멈춘다
불행을 희롱하는 신을 마주친 듯이
깊고 작은 숨을 고른다

실밥처럼 가는 다리
저 등에 수수 한알도
버거울 것이다

무당벌레가 간다
금방 뒤집혀버릴
불안마저 데리고 간다
방향이 의지가 된다

사랑의 순서

나는 오리라 하였고 당신은 거위라 하였습니다
모양은 같은데 짝이 안 맞는 양말처럼
당신은 엇비슷하게 걸어갑니다
나는 공복이라 하였고 당신은 기근이라 하였습니다
당신은 성북동이라 하였고 나는 종암동이라 하였습니다
우리는 아무 말도 하지 않을 때 일치합니다

노인들이 바둑 두는 호숫가에 다시 와 생각합니다
흰 머리카락을 고르듯 무심히 당신을 뽑아냅니다
은행알을 으깨며 유모차가 지나갑니다
눈물 없이 우는 기분입니다
괜찮습니다, 아직은 괜찮아요 은행잎도 초록인걸요
떼로 몰려드는 잉어의 벌린 입을 보세요
씨 없는 가시덩굴이 기어이 벽을 타고 오릅니다

단조(短調)

쪼그리고 앉아 보았지
물속에 떨어진
쌀을
물에 불은
쌀 한톨을

무른 잇몸에
처음 돋은 젖니처럼
신기한 이것을
무어라 부를까

갓 난 박꽃처럼 웃다가
사라지는
무구하고 환한

찬 벽에 발을 대고 누우면
천장에 떠오르는
한톨의
또렷함

제 2 부

늑대

눈 쌓인 숲속에
입김을 날리며 서 있었다

막내야, 부르니까
꿈속의 너는
몸을 돌려 나를 봤다

안전모를 옆구리에 끼고
우주복 같은
방진복을 입었다

추우니까
이제 그만 집으로 가자

목도리를 씌우려고 했는데
너는 몸을 털었다
이상한 약 냄새가 풍겼다

어디로 갈 거냐고 했더니

코를 들어 언덕 위를 가리켰다

스위치를 올리면
클린룸의 불빛이
냉장고 속처럼 환한 곳이었다

가지의 식감

물탱크에 걸린
해가 짧아졌습니다
야채 장수가 트럭을 몰고
오르막을 내려가고

해가 터진 것처럼
등 뒤에 구름의 둘레가 밝습니다

어제는 충고를 들었습니다
생각했던 모습과 다르네요
자꾸 웃으면 사람이 약해 보여요

그 말을 듣고
나는 왜 웃는 사람

양파가 굴러갑니다
언덕 아래로
감자와 토마토가 굴러갑니다

세상은 이상한 수건돌리기 같아서
자꾸 웃음이 납니다
등 뒤에 수건이 놓인 줄 모르고

식재료는 둥글고
짓물러서 흠이 많습니다
어느 바닥에서도
잘 구를 수 있습니다

야채는 하나의 색을 입고
벽장 속에, 커튼 뒤에
냄새의 공동체를 만듭니다

한 몸이 되어도
풀이 죽지 않은 푸성귀는
잃어버린 초록을 자책하지 않습니다

얼굴만 아는 사이

조그만 찻잔의 손잡이 같지
팔을 뻗어 만져보고 싶네
만두를 세운 것같이 귀여운 귀
그녀는 내가 등 뒤에 있는 줄 모르고
어깨의 눈을 털고 보리차를 따르고
파마 로드를 바삐 말던 손을 밥뚜껑 위에 올리고
휴지로 땀을 찍으며 뜨겁고 매운 순두부를 뜨고

초식동물처럼 분주히 움직이는 턱뼈
나는 오목한 숟가락에 들어앉아
아, 하고 벌린 입
그녀의 목구멍
분홍의 무저갱으로 들어가네
식도를 타고 구불구불하게 미끄러지는 액체의 몽상

그녀를 따라 다박다박 걷다가 여기까지 왔네
발자국을 포개고 보니 어쩌다 국밥집 앞
그녀는 나를 보고 보리차를 엎지를 뻔하고
엉거주춤 일어서며

어, 안녕하세요

안경

턱을 뒤로 당기고
정면을 보세요
더 가까이 오세요

지금부터 당신은
반만 열린 세계로
입장합니다

막대기가 가리키는 곳
곳과 것
숫자 혹은 기호

이것은
알파벳 F입니까, E입니까?
출구가 없습니다
행성의 끊어진 고리
나비와 물고기

잘 보이지 않습니다

퍼진 원 같아요

누구도 두 눈을
이렇게 오래
들여다본 적은 없지요

눈을 떼면
거리가 생깁니다
이 간격이 마음에 들어요

나의 골몰이
하나의
점이 될 때까지
위치를 가질 때까지

잔

양각 인쇄된 명함을
만지작거린다는 것은
거절의 말을 고르고 있다는 뜻

탁자 위에 물로 쓴 글씨
물방울 옆에 물방울
ㄴ으로 시작해 ㄹ로 흐르는 활기
큰 원이 작은 원을 삼키고
합쳐지고
빼기만 남은 것
나누어 밀어내고 따돌리다
ㅇ으로 수렴되는
물방울의 연대

적당한 말을
찾지 못했는데 글자가 마른다

출입문에 달린 종이 울리고
쏟아지는 빛의 파우더

얼음이 모서리를 지우며
잘각, 어긋난다

두번째 전화

이곳에 오래 앉아 있다면
당신은 나를 이상하게 보겠지
용서를 구하는 사람처럼
두 손을 한참 내려다본다면

칸칸마다 색색의 알약을 채우다가
문득, 지하로 내려가는 계단
비상구 불빛 같은 게
되고 싶은 적 있었냐고 묻는다면

당신의 이름은 윤
동백잎 위에 빛나는 이름
윤, 하고 부르면
처방전에 손을 베일지도 모르지

회색 스커트와 굽 낮은 단화는
당신의 평범을 위한 것
창이 풍경을 갈아 끼우고
은행나무는 제 무게를 이기지 못해

잎을 떨어뜨리고

한때의 풍문도
당신의 구두코처럼 흐려지겠지

어느날엔가
옷걸이에 걸어둔 얼굴이
힘없이 흘러내리고
서랍 밑에서
잃어버렸던 단추를 찾듯이

언제였더라
의자에 오래 앉아서
두 손을 내려다보던 여자를
기억할지 몰라

볼펜 자국이 스친
셔츠 끝자락으로
안경알을 문지르면서

지하철역에서 십오분 거리

마당이 있는 저 집에서 살면 참 좋겠다 언덕 위에는 여자
대학교가 있고 배구공 튕기는 소리도 가끔 들리고

비빔국수 잘하는 냉면집도 있고 가을이면 키 큰 은행나무
가 긍지처럼 타오르는 동네

문방구 평상에 한참을 앉아 있어도 핀잔주지 않는 할머니
가 있고 옆에서 신문지 깔고 고구마순 껍질이나 같이 벗기
고 싶고

해 지기 전에 수건을 걷어 오른팔에 얹고 옥상에서 내려
갈 때 젖이 불은 개가 헐떡이며 걸어가는 것을 보는

집 보러 왔다가 그냥 간다
이가 썩어 구멍 난 데를 혀로 쓸며 돌아보는 사직동

여름의 잔디 구장

잔디밭을 가로지르면
짙은 풀 냄새
풀벌레 소리와 앞으로나란히

무궁화꽃이다
무궁화꽃이 피었습니다
꽃술을 따서
코에 붙이고 놀았지
이제 쓰지 않을게

무궁화는 끝없는 꽃
낮에 피었다 저녁에 진다
왼손에 피자두
오른손에 복숭아
비닐봉지를 흔들며 걸어간다

우리는 배웠지
좋은 건
맨 나중에 선택하도록

조카가 흘린 밥알을
저도 모르게 입으로 가져가면서

자매는 기억을 공평하게 나눌 줄 몰라서
무른 것에 잇자국을 내지만
비슷한 흠을 비교해보고
다정을 나누겠지만

우리의 침묵이
접시 위에 어떤 비명을 질렀는지 봐

무궁화는 겹치지 않고
매번 다른 꽃이 핀다는데
백일 동안 핀다는데

조카는 맑은 침을 흘리며
등에 업힌 채 잠들고
무궁화는 어떻게 무궁을 사나
아기들은 어떻게 처음을 지나나

붉은 벽돌 빌라 앞

녹색과 흰색의 트랙

밤하늘을 울리던 농구공 튀는 소리

굳는다는 것

굳는다는 건 뭔가요
죽어가는 고양이처럼
혼자서 피 흘리는 시간인가요
시멘트에 찍힌 발자국처럼
정지된 표정인가요
헤드라이트가 확 덮쳐올 때처럼
몸이 뻣뻣해진다는 건가요
석유를 향해 딱 한번만 꺼지고 싶은
불길의 욕망인가요
쇠붙이처럼 단단해지는 건가요
턱을 다문 요철인가요
죽을 젓다가 마는 건가요
반죽에서 손을 떼는 건가요
뜨거운 촛농을
머리 위에 붓는 건가요
눈꺼풀을 내리는 침묵인가요
밤이 장막을 내리는 시간인가요
이제 걸을 수 없다는
당신 말을 듣고

그대로 멈췄습니다

새로운 사람

누구냐고 물었다
처음 보는 사람처럼

창경원에 같이 가겠느냐고
당신이 내게 물었는데

없어요 이제 그런 곳은
예전엔 있었는데 지금은 없어졌어요

창경원이 종로에 있는데
종로에 가야 하는데

과거로 이어진 길을 따라
돌아오지 않았기 때문에
당신은 완전해졌네

죄를 짓지 못하는
당신의 손은 깨끗해
이리도 천진하고 슬픈 몸

원이었던 수박과
삼각형이 된 수박
수박을 자르기 전의 손과
자른 뒤의 손

접시에 붉은 자국이 마르고
요양원 창밖의 구름이 바뀌고

얼굴을 손으로 쓸어내리고
거울을 보면
다른 사람이 된 것 같다

첫눈은 내 혀에 내려앉아라

　오늘은 날이 좋다 좋은 날이야 손을 꼭 잡고 베개를 사러 가자 원앙이나 수(壽) 자를 색실로 수놓은 것을 살 수 있겠지
　이것은 흐뭇한 꿈의 모양, 어쩐지 슬프고 다정한 미래

　양쪽 옆구리에 베개를 끼고 걸으면, 열두 폭의 치마를 환하게 펼쳐서 밤을 줍는 꿈을 꾸겠네
　목화꽃 송이, 송이 세송이 콧등을 스치며 높은 곳에서 하나씩 떨어지는 모양을 바라보아도 좋겠네

　너와 나, 꿈길의 먼 이부자리까지 솜을 틀자 이불이 짧아 드러난 발목을 다 덮지 못해도
　꿈속에서는 미래의 지붕까지 덮고도 남겠지

　오늘은 날이 좋다 좋은 날이야 철 지난 이불은 개켜두고
　일단 종로로 가자
　종로에 가서 베개를 사자

당신은 나의 미래

자연사박물관에 갔다가
우연히 홍학이 나를 따라왔다

홍학이 너를 따라왔다고?
놀란 그가 물었다

비둘기라면 모를까
왜 하필 너에게 홍학이 간 거냐고
행운과 재앙은 형제인 걸 아느냐고

나는 홍학을 데려와 씻기고
먹이통에 물을 채우고 잠자리를 만들었다
방은 좁고 누추하지만
깨끗하게 보살필게

홍학은 침대를 진흙투성이로 만들고
먹이통의 물을 엎었다
깃털을 아무렇게나 뽑아버리고
부리로 스웨터의 올을 풀었다

그런데 홍학이
너에게 행복을 주는 게 확실해?
그가 물었다
어쩌면 그 홍학은 진짜가 아닐지도 몰라
홍학이 진짜라는 걸 증명해보렴

그 말을 듣기 전까지
나의 홍학은 완벽했는데

그에게 보여주려고
족쇄를 찾는 순간
홍학의 눈동자가 유리구슬로 바뀌었다

믿음을 믿다니 어리석군
깃털이 잿빛인 걸 보고도 홍학이라고 우기다니!
그럴 줄 알았다는 듯이 그가 혀를 찼다
홍학이 분명히 살아 있었는데

다음 날 그가
찾아와 문을 두드렸다

홍학 말고 다른 것이 있는지
보여달라고
등 뒤에 감춘 손을 보여달라고

다음 날
그다음 날에도

스미다강의 불꽃 축제

강으로 가자고 했다
진흙 코끼리에게
좋은 것을 보여주고 싶어서
좋은 것은 무엇일까
외투를 입히고 단화를 신겼다
부스스 흙이 떨어졌다
코끼리는 밀차 손잡이를 꼭 쥐고
천천히 발을 뗐다
무릎을 짚고 숨을 고르다
더는 걷지 못하겠다는 듯
옆으로 풀썩 누웠다
교각 위에 차량이 길게 늘어섰고
화가 난 사람들이 경적을 울려댔다
그때 말했어야 했다
연잎만큼 넓은
코끼리의 귀에 대고
무슨 말이라도 했어야 했다

제 3 부

안목에는 있고 안도에는 없는

물고기는 먹을 수 없는 말 같고
생선은 먹을 수 있는 말 같다

산 것도 아니고 죽은 것도 아니야

내 혀는 여태 죽은 것들만 받아왔는데
죽어서 조용한 것들만 삼켰는데

우습지도 않은데 웃음이 난다
뼈도 아닌 살도 아닌 몸이

이토록 싱싱하게 미치는 집중을 본 적 있니?

산낙지는 젓가락 사이로 미끄러지고
놓친 건지 잡으려는 건지

잘 살자, 인간적으로
잔을 채우며 네가 말했을 때

인간적이란 말은 참 질기구나
어금니에 낀 낙지처럼

산 몸에서 죽음이 사는데
인간이 어떻게 몸 밖으로 나갈 수 있니

씹지 말고 그냥 삼키자
죽은 듯이 살자

죽은 물고기만이
뒤집혀 흰 배를 보여준다

아쿠아리움

이상하지 않나요, 이런 고요는
몰려오던 해일이 눈앞에서 멈춘 듯한

누군가 세계의 안과 밖에
커다란 간유리를 끼워두었으므로

나의 폐는 부레가 될 수 없고
물고기는 눈을 깜빡일 수 없어요

빛에 일렁이는 물 그물이
나의 발을 얽을 뿐입니다

움직이는 것은 생물입니까
나의 감탄이 부끄럽게

굳지 않으려고 조금만 움직여요
마취제를 물에 푼 듯이

이상하지 않나요, 인간의 생김새는

뾰족하게 솟은 코와 눈꺼풀
지느러미가 되기엔
너무 많이 갈라진 손가락

홍제천을 걸었다

이해할 수 없어서
머금었던 말이
공이 되어 날아왔다

이제 그만,이라고 말해도
자꾸만 공을 물어 오는
착한 개처럼

목줄을 풀어도
도망가지 않는 개
다시 나라는 원점

거미줄은 아름다워라
반복이라는 지옥에 수를 놓았네

가시 돋친 장미는 무서워라
화가 치미는 순간에
잇몸을 드러내며 웃네

바위가 제 몸을 할퀸다
자신의 상처를
가장 아름답게 고백하기 위해

물주름 없는 물결
귀를 떠난 소리
풀 없는 인공 정원

시선에 포획되지 않으려고
경사가 기울기를 벗어난다

연두부

부드럽고 신중하게
가로로 한번
세로로 한번

십(十) 자로
가른 적도 있고

조그만 삽 같은
스푼으로 뜬 적도 있다

홈이 파이고 물이 모이고
빛이 고인다

혀를 대봐요
희고 매끄러운 내 몸에
그냥이라는 말은
싱겁긴 해도

당신이 괜찮아,라고

말해준다면
이 세계는 순결하게
무너져버려도 좋을 텐데

하루에도 몇번씩
훼손하면서
복원하면서

흰 것들이 몰려온다

히로시마 단풍 만주

좋은 사람 같아요

그녀가 나를 보고 말한 순간
웃음소리가 큰 것 같아
입을 가리고 웃었습니다

얌전히 웃으니
예의 바른 사람이 된 것 같고

치에코는 상냥한 사람
깨끗한 양산을 들고 다닙니다

한번도
이마가 어두워지는 모습을
본 적 없지만

히로시마에서 가져온
단풍 만주는
한 상자에 여덟개

치에코는 다정한 사람
왼손으로 찻잔을 받치고
오른손으로 찻잔을 가볍게 쥡니다
일어설 때
소리 내어 의자를 끌지 않습니다

엽서 속
히로시마의 하늘은 맑음
휘어진 철교와 위령비 위에
붉은 이슬이 내려도

대추차에 뜬
잣을 건지며
이런 대화는 어울리지 않나요

검은 버섯구름과
조선인의 시체를 덮은 재
백년도 채 되지 않은 이야기

한밤의 주유소

멀리 발전소 불빛이 빛나고
간선도로 위에서
그가 후회한다
핸들에 이마를 대고

일렬로 죽 늘어선 마네킹처럼
늘어나는 후회를 사랑했지
단지 이 사실만이 확실해

누가 헤드라이트를 비추지?

눈물로 번들거리는 얼굴
주파수가 맞지 않는 라디오에서
그리스 가수가 노래한다

물을 마신다
흘린 눈물을 보충하듯이
눈물을 흘리며
이번 생은 반칙이야

총을 쏜다
오른쪽에서 왼쪽으로
왼쪽에서, 중앙
아무렇게나 박살 낸다 마네킹을 쓰러뜨린다

오늘 일은
아무한테도 말하지 마!

결심한 사람처럼
진단서를 접어 주머니에 넣고
시동을 건다

그가 마른세수를 하고
차창을 내렸을 때

안 들렸던 풀벌레 소리가
한꺼번에 쏟아졌다

서커스

오빠가 내려온다
공중에서 컨베이어 벨트를 타고

혀를 쑥 내밀어
붉은 융단을 잡아 뺀다

커다란 상자 속에 작은 상자가
작은 상자 속에 더 작은 택배 상자가
자꾸만 태어나는 기이한 마술

이것은 줄지 않는 욕망의 연대
근면한 시민의 임무

상자를 다 나르지 않으면
더 작은 집으로 이사 가게 될 거야
아들아, 내가 얼마나 작아지는지 보아라

나를 위해 손뼉을 쳐주렴
색종이를 잘게 찢어 머리 위에 뿌려주렴

오빠가 모자를 벗고 인사한다
팔다리를 구부려 상자에 들어간다

뚜껑을 열면
몸통이 핑 튀어나오는 스프링 인형

조카들이 힘차게 손뼉을 친다

무고한 풀잎들

전쟁이 났을 때
아버지는 어린 군인이었지
명절에 홀로 감자를 먹었네

봐라
여기부터 저기까지가
내 땅이다

당신은 나에게
결과를 자랑하고 싶어하네
가지런한 모와 아담한 논

그만 눈길을 거두네
수은과 같은 회색 눈동자
보람을 말하는 입술에 재갈을 물리네

신 앞에서
은총을 쥐고 흔드는 충만이여
가혹한 낙관이여

이 땅은 당신의 종손
우리는 나란히 서서
흔들리는 모를 보았네

당신의 자부가
나의 분노로 상하는 것을

무뎌지는 날을
벼리지 않는 삽날과

흙을 털지 않고
비에 씻기기만 기다리는
여린 모들을

무거운 말

요새 택배비 얼마나 한다고
저 무거운 걸 지고 다녀
거지같이

누구더러 하는 소린가 했더니

붐비는 사람들 사이로
아버지가 온다
쌀자루를 지고 낮게 온다

거지라니,
불붙은 종이가
얼굴을 확 덮친다

다 지난 일인데
얼굴에 붙은 종이가
떨어지지 않는다

수증기 지역

하얗다
금방 태어난
새것 같아
화학공장 굴뚝에서 솟는 연기

옥수수밭이 있던 자린데
지금은 많이 변했어
예전과 달라졌어

십년 전에도 너는
의자가 없는 공장에서
일했는데

희망처럼 풍성하고
굴뚝 위로
재빨리 흩어지는 것들을 믿어도 될까

동생은 노란 얼굴
손을 동그랗게 쥐고

기침을 하고

살얼음처럼 반짝이지만
녹지 않는구나
필름은 투명해
우리보다 멀리 현재를 살겠지

영원은 썩지 않는 것
죽어서도 상하지 않는 것
무엇이 시간을 훼손할까

누나는 하나도 안 변했네
네가 웃으며 말했을 때

어느 여름날
오랫동안 바라보았었지

유독 하나만
사람 종아리만큼 커져버린

돌연변이 옥수수를

동물의 사육제

궁해야 미끼를 문다
사흘을 굶겨라

인간을 사랑하다가
인간을 닮아버린 동물을
괴(怪),라 부른다

천개의 눈을 공작처럼 펼쳐
얼음 구멍 아래
인간들을 감시한다

살아남을수록
끝까지 표적이 된다

어떤 인간은
반지를 삼켰고
귀에 순금으로 만든
표지를 달았다

미늘을 보여줬을 뿐인데

인간들은
무리에서 가장 약한 인간을
맨 앞에 세웠다

거인

타워크레인에
거인이 매달렸다
등 뒤로 손이 묶인 채
빙글빙글 돌았다

누군가는 눈물을 흘렸고
누군가는 욕을 했다

그는 묵상하는 듯
궁리하는 듯
눈을 감고 있었다
웃는 것도
우는 것도 아니었다

어떤 이는 그를 가리켜
신이라 불렀고
어떤 이는 괴물이라 불렀다

사람들은 그를

가까이에서 보려고
높은 곳으로 올라갔다

첨탑과 굴뚝
옥상과 빌딩 위로

높은 곳에서
그들은 눈을 피했다

거인의 등 뒤로
부챗살처럼 펼쳐진 강한 빛이
눈을 찔렀기 때문에

생물

꿈에서
소가 된 당신을 들고 울었다
배가 갈라진 당신을
천진한 분홍색 내장을

탕! 탕! 탕!
관자놀이에 총을 갈기고
얼굴을 감싼 채 무릎을 꿇었다
잘못한 사람처럼

우리는 왜 다른 종(種)으로 태어납니까
지옥은 자꾸만 태어나는 반복입니까

신의 피부를 열고
그 속으로 들어가 지퍼를 올린다

다시 태어나고 싶습니다
신의 상상 밖에서

기도가 끝났을 때
종이 울렸고 축사가 무너졌다

구름이 번식을 몰고 온다

속죄

사람들이 어렵게 꺼낸 얘기라며 돌을 주고 갔습니다
던지면 누군가를 아프게 만드는 돌
이 돌에 대해서 절대 말하지 말라고 당부했습니다

그들은 실컷 울고 난 뒤에 평온해진 표정으로 말했습니다
이 돌을 받아줘서 고맙고 미안하다고
진흙탕에서 핀 연꽃이 아름답지 않으냐고

혼자서 돌을 주고 떠난 사람들을 생각했습니다
돌을 주머니에 넣고 걸을 때마다 발이 웅덩이에 빠졌습니다
그들을 만나면 얼굴에서 돌이 먼저 떠올랐습니다

점점 무거워지는 돌을 내려놓고 싶었습니다
돌이 피투성이 얼굴을 하고 운다고
밤마다 이를 가는 소리를 견디기 힘들다고

사람들은 어리둥절한 표정으로 되물었습니다
세상에 그런 돌이 다 있느냐고

기억나지 않는다고
이제 그만 돌아가달라고 정중히 문을 열어주었습니다

그때 알았습니다
나의 죄는 너무 오래 돌을 매만진 것
주머니에서 비슷한 돌을 꺼내 보여주지 않은 까닭입니다

돌아가는 길에 보았습니다
사람들이 쌓고 쌓은 얼굴로 무너져 내린 돌무더기
그중에는 저를 닮은 돌도 있었습니다

돌을 없애는 방법은 돌을 되돌려주지 않는 것입니다
안 된다고, 안 된다고 생각하면서
아무도 모르게 돌을 묻을 구덩이를 찾기 시작했습니다

통곡의 벽

신실한 자로 하여금 시험에 들게 하라 선한 자에게 벌을 주면 그들의 고통이 나의 위엄을 증명할 것이니

"신은 어찌하여 날리는 낙엽을 놀라게 하시며 마른 검불을 뒤쫓으시나이까?"*

신은 인간을 긍휼히 여기며 눈물을 흘렸네 거대한 눈물방울이 인간의 마을에 떨어졌네 해일이 일고 쥐떼가 달아나고 집과 성벽이 젖은 성냥갑처럼 무너졌네

"신이여, 당신은 가책을 모르므로 신이 아닙니다."
"나의 딸아, 인간의 애원이 신의 신성을 알게 하리라."

신의 눈동자는 염주처럼 굳어서, 아무것도 보지 못했네 전쟁과 난민과 매장당한 돼지들의 피눈물이 흙을 검붉게 물들였네

"신이여, 왜 빛으로 얼음을 모으려고 하시나요?"
"나의 딸아, 신은 그것을 지혜라고 부른다."

신은 입안에 불새를 가뒀네 신이 인간의 말을 하니 불새가 불을 뿜고 산과 땅이 뒤집혀 신은 입에 물을 머금었네

 "신이여, 당신이 침묵할수록 뜻을 모르겠나이다."
 "나의 딸아, 깊은 눈물은 소리가 없느니라."

 신은 불타는 화구를 보여주었네 뜨거운 소금 위에서 인간들이 절규했네 자신을 때리며 차라리 지옥으로 보내달라고 소리쳤네

 "신이여, 당신은 왜 선한 자에게 연민을 주십니까?"
 "나의 딸아, 화구 속으로 들어가라. 그것이 사랑의 증명이니라."

 신은 인간의 꼬리를 하나로 묶어 싸움을 시켰네 가책도 재미도 없는 얼굴로 우주의 마지막 행성을 깨뜨렸네

 * 욥기 13장 25절.

심문

인부들이 커다란 은행나무 가지를
톱으로 잘라낸다

왜 자르는 쪽이
소리가 더 큰가

백색광 아래 나방

너의 결백이
수치를 낱낱이 드러낸다

더이상
숨을 곳이 없게 되면
스스로를 해친다

완벽한 형태와
일치하려면

그림자는 가장 뜨거운
조명 아래 서야 한다

제 4 부

다리 아래

다만 이 노래를 들려주고 싶었을 뿐인데
신이 그네에서 내려오지 않아서

떠납니다 옛집에 불을 지르고 새장을 아무렇게나
열어두고
다리 아래 불빛은 흐르는 불처럼 부르는 물처럼
나를 불러요
아름다워라 이 세상, 어린양의 피로 물든 세상

보라, 나의 소망이 얼마나 무거운지
저마다 불행을 자랑하며 십자가를 높이 올릴 때

귀 막고 노래합니다
보세요
다리 아래 젖지 않는 불을
물을 끄려는 불의 노력을

아름다워라 이 세상, 아치 다리 아래로
도축장의 피가 흐르고

청둥오리 목덜미에 해는 밝으니
사체를 묻은 땅에 그해 가장 붉은 꽃이 피어도

돌아가지 않아요
트럭이 지나가는 다리
헤드라이트 불빛이 얼굴을 훔쳐 달아나도
물과 불이 나를 앞질러 해일처럼 일어서도

틀

목소리가 말했습니다
해골 더미 속에서
네가 버린 아기의 해골을 찾으라고

시간이 얼마 남지 않았습니다
붉은 비가 내렸습니다
나에게는 단 한번의 기회가 있었어요

어떤 것은 비슷했고
어떤 것은 전혀 달랐습니다

목탁만 한 해골들이
이를 딱딱 딱 부딪치며
우그르르 굴러다녔습니다

아기를 찾을 때까지
같은 장면이 너를 찾아올 것이다

저는 해골을 번쩍 들어

바닥에 내리쳤습니다
산산이 깨트렸습니다

어긋난 시간이
다시 뼈를 맞추고 있었습니다

비슷한 것이
또 완성되었습니다

양옆으로 길게 늘어선 거울

음복주를 마시고
혀로 대추씨를 굴릴 때

그 아이가
족자 밖으로 걸어나왔다
종이 인형처럼 납작하게 눌려서
접혔다 펴졌다 했다

못 나오도록
내가 분명히
두 발을 오려두었는데도

꼬투리 밖으로
콩처럼 튀어나왔다
항아리인 척했다

네 어머니의 어머니의 어머니는
무섭고 아름다운 신
오디 먹은 검은 입

메기수염을 달고
범종 속에 숨어서
꼭 맞는 몸을 찾아다닌다

원을 그리며 돈다
나를 가운데 세워두고
손을 잡고 빙빙 돈다

이 악몽을 끝내려면
악몽으로 들어가야 하는데
너는 되풀이되는 몸

인주처럼 찐득한
피를 묻혀서
이마 한가운데 찍는다

마고 2

오랜만에 찾아온 할머니가
장사치로 떠도는 게 싫어서
다시는 찾아오지 말라고 화를 냈더니
이고 있던 채반을 내려놓고 갔다
채반 위에
팥 한알
또렷이 남았다

다음 날엔 보따리를 두고 갔다
매듭을 풀어보니
지푸라기 인형이 나왔다
겨드랑이에 손을 끼우고
일으켜 세워도 자꾸만 목이 꺾였다
배를 갈라보니
노란 것이 반짝, 했다
금니였다

할머니의 등에 새긴 문신은
쟁기, 방패, 귀갑

귀갑, 쟁기, 방패
마작처럼 패를 뒤집으며
얼굴이 자도르르 돌아간다

쟁기, 방패, 귀갑
귀갑, 쟁기, 쟁기
눈, 코, 입을 갈아 끼운다
높고 슬픈 노래를 물려주려고

잠들면 가만
코에 손가락을 대본다

할머니는 피가 너무 환해서
인간의 잠을 자지 못한다

홍합처럼 까맣게 다문 밤의 틈을 벌려라

몸 없는 기억을 놓지 못하면 시름이 깊어진다
몸을 얻으려면 새 옷을 입어야 하는데

공중에 저고리가 떠 있다 옷고름을 잡아당기니 소매를 엮
은 옷이 줄줄이 딸려 나온다

수천벌의 옷이 엉켜 회오리를 탄다 춤춘다 팽이처럼 신나
게 돈다 그것은 평생 사람들이 입었던 옷의 산, 기억의 무덤

거북의 등에 새긴 상황*을 읽으랴
손바닥에 칠을 하고 문설주에 붉은 지문을 찍으랴
번개의 채찍을 내려라 밤의 물레를 돌려라
빨리, 더 빨리, 상상은 회전하라

한벌의 저고리가 하늘에서 내려와
지워지는 영혼을 본뜰 때까지
끝나지 않는 돌림노래를 불러야 하리, 입 없는 노래를 불
러야 하리

* 이쾌대「상황」.

104

탱화 1

여덟개의 씨앗 중에
단 하나의 씨앗만 싹을 틔운다

살아 있다면
올해 몇살인가

죽은 언니의 꽃신 같은
배냇저고리 같은

해골 속을 파내고
불 밝힌 항아리

초파일이 돌아오면
엄마는 갓난애처럼
이가 하나도 없이 웃는다

탱화 2

너는 보이지 않는 걸 무서워하는구나

나는 새것이야
너의 작은 신이야
너는 내가 잠시 입은 몸

칼을 쥐니 신난다
방바닥에
흉(凶)을 새기자

너 말고는 아무도
금을 넘으면 안 돼

신발에 발을 넣으면
네 인생을 대신 사는 기분이 들고

포개지는 건 한 몸이 되는 것
몸을 얻은 신들이 합창한다
기절할 것같이 행복해서

나는 파도치는 칼이야, 끓는 연꽃이야, 귀귀, 귀귀귀귀 흐르는 불안이야, 거울의 뒷면이야, 너의 대칭이야, 너와 같은 냄새야, 찢지 않는 막이야, 쏟아져버리고 싶은 물, 거꾸로 일어서는 산이야, 세워진 비석이야, 갈라진 혀, 죽어서 자라는 머리카락이야, 구불구불 달아나는 길이야, 타락한 번개, 박하와 독, 우레의 번뇌야, 창이야

어서
나를 숨겨줘

영가등에 불 들어오기 전에
빨리, 빨리!

거울 속의 네 얼굴을
엄지와 검지로 집으면
획 꺼진다

탱화 3

붉은 구슬을 입에 물고
눈물을 흘리고 있을 때
흰 천을 배로 가르며 할머니가 왔습니다

천수관음은
천개의 손으로 슬픔을 어루만진다는데
손이 천개면 세상의 눈물을 닦을 수 있습니까

뜨거워서 그래, 아가
어쩌다 네 마음에 명랑을 잃었니?

할머니는 천수(泉水)를 한모금 머금고
내 입에 흘려 열을 식혀주었습니다

봄에 난 콩 싹처럼 웃어보라, 해를 피하지 않는 해바라기
처럼 용감해라, 물 만난 오리처럼 신나게 욕해보라, 비 온 뒤
제비처럼 까불어라, 분수처럼 솟구쳐라, 쪼개고 쑤시고 부
러뜨려라, 톱날의 요철과 같이 벌떼처럼 화를 내라, 연기처
럼 곧게 서라, 백합처럼 기도하고, 뛰고 달리고 돌아서서 안

고 뱉고 찢고 발 굴러라

　할머니는 겹겹의 모란 치마로
　나를 폭 싸서 공중에 띄웠습니다

　키질하듯이 위아래로 까부르니
　몸이 아기만큼 작아져
　배꼽이 간지럽고
　이히히 웃음이 났습니다

　할머니는 내가 말을 배우기 전
　아기들만 아는 우스운 재미로
　슬픔을 걷어가려 한 것인데

　오랜만에 웃은 게
　세상에 없는 일인 걸 알고
　섭섭해서 눈을 감았습니다

벗

말해주세요 바람은 소금에게 소금은 칠면조에게
바다가 왜 미쳐버렸는지
파도의 습관이 바다를 미치게 했는지
누가 꽉 다문 조개의 입을 벌릴 수 있겠어요?
어떻게 해는 녹지 않고 매일 태어나요?

대답해주세요 거미줄에 걸린 날개의 투명
트로피 같은 순록의 뿔
바람이 단추를 풀고 우리를 어디로 데려가는지
물고기의 비늘로, 해당화의 살점으로

입체 카드 속에서 달리는 표범에게
아스팔트 위에 깨져버린 빗물들에
밤을 두드리는 흰 손목
교각의 물금처럼 흐려진 것들에게

불타는 모래 산과
고독한 굴삭기의 바퀴
통꽃이 어떻게 몸을 가르고 잎을 만드는지

소라껍데기 속에서 잠든 아기는 언제 눈 뜨는지

맨드라미 목을 따서 화려한 피를 마시면
내 머리에도 짐승 같은 볏이 솟는지

국화가 있던 자리에 국화가 사라지듯이

돌아온다
돌아오지 않는다

사람들이
하나
둘
물속으로
첨벙

보지 않고도
보았다고 믿으면
물소리가 나는 기적

사랑의 피로를 아는 이가
싸우듯이 기도한다

난폭한 희망이
자신의 뺨을 때리지 않도록

교실과 휘어진 복도
물의 발자국

귓속이
성에로 우거져
눈 뜬 사월

옛터
강릉 신복사지 석조보살좌상

기다란 그림자가
귀에 스며들었습니다

뱀의 배가 스친 자리에
휘었던 풀이 다시 서듯이

환상은 흔적 없는 이별
자취 없는 기쁨이 되었습니다

무릎 꿇고
두 손을 모으니
머리 위에 연꽃을 올려주세요
귓불에 두개의 달을 걸어주세요

창호지로 눈을 가리고
바람으로 천개(天蓋)를 열어
불붙은 솜으로 귀를 막겠습니다

풀잎 위에 어지러운 이슬이

사라집니다
후회도 찬란도 없이

새날을 데려오는 새벽을
내 것이라 쓰지 않겠습니다

신의 의심과
인간의 믿음 사이에서
비석처럼 일어서는 문장을 주세요

벼락처럼 짧게 긋고
사라지는 황금 얼굴

눈도 코도 입술도 문드러진
사랑을 물려주세요
각을 지운 사랑만을 이야기해주세요

착란

눈이 멀어버릴 듯이
빛이 잘게 부서졌다
먼 해변까지
희고 둥근 조약돌이 깔렸다

누군가 멀리서 손짓했다
거기서 나오라고
빨리 나오라고

발밑에서 뭔가
파삭, 으깨졌다
발가락 사이로 끈적한 것이 삐져나왔다

사방에 수천개의 뱀 알이 깔려 있었다

몇개는 진동했다

메콩강의 달무리

세상에 편한 기도가 있을까

턱을 괴고 누운
불상을 돌아 나오자
보리수 옆에 검은 개 한마리

혜원은 그것이 보리수인지
몰랐으므로
오늘 처음 본 것이나 마찬가지다

검은 개가 땡볕 아래를
숨 쉬는 그림자처럼 붙어 다녔다
그림자와 한 몸이었다

사리탑에 들어가려면
천국과 지옥의
입을 통과해야 한다

둘이 들어갔다가

한명만 나오는 회문

이 나라에 반은 인간이고
반은 새가 된 신이 있다지
자홍색 차를 마시면 신을 닮는다는데

너는 죽고 싶다는 말 대신
뜨거운 차를 마시고
이제 살 것 같다고 말하는구나

달빛이 강바닥까지
다 비추지 않아서 좋다

붉게 물든 혀를 내밀고 웃자
눈을 뜨고 기도하자

아까부터 검은 개가
따라오는 것 같다고 했을 때

혜원은 잘 모르겠다고 말하면서
고개를 끄덕였다

콩비지가 끓는 동안

당신은 비위가 약해
지금껏 편육 한점 입에 대지 않는다고 했다

서랍장 위에
모과 세개

어릴 때 출가했다가
처음으로 터를 잡은 곳이
이곳, 무주라 했다

나는 속인이란 말도
환속이란 말도 멀어서
손으로 호두알만 굴린다

기도가 오래되면
병이 되고
헛것을 애처로워하면
몸에 허주가 든다는데

당신은 이제
묘목에 붉은 천을 묶지 않는다
생쌀에 숟가락을 꽂지 않는다

대전에
딸처럼 키운 아이가 산다고 했다

론도

새를 생각할 때는 새만 생각해
새는 보여주지 않고
새장을 보여주는 방식으로

나뭇가지 끝이 흔들리는 걸 봐
활시위처럼 당겨졌던 공기가
수평을 되찾는 것을

나타났다고 믿는 동시에 사라지는 것
나는 그것을 '있었다'라고 말하지

새를 생각할 때는 새만 생각해
지금 눈앞에 나타난 것을 믿어

새가 원하는 곳으로 날아갈 수 있도록
손가락이
새의 시선을 방해하지 않도록

쥐었다 흩어지고

놓쳤다 떠오르는 형태를

새를 잡지 말고 두 손을 경험해
무언가
내부에서 차올라
정
        지
했다가
           깃을 치며
                날아오르도록

처음부터 다시 시작해
새를 지우고
새장을 지우고

눈동자가 추를 따라가듯이
밤비가 빗소리를 데려가듯이

새를 그리려면 새를 잊어야 하지

손바닥을 펴서
눈을 가리고 보는 방식으로

말하지 않음으로
귓속에서 영원해지는 방식으로

그리고 기다려
작고 생기 있는 초침 소리가
심장 소리와 가까워지도록

새를 생각할 때는 새만 생각해
새가 리듬을 통과할 때까지
내가 새를 볼 때
새도 나를 보듯이

귀의한 시

양경언

1

신미나의 시는 세상의 시작이 아니라 세상의 지속에 대해 물음을 던진다. 이 문장을 신미나의 시 곁에 두기 위해서 우리는 몇걸음 더 나아가 생각해야 한다. 어떤 이들에게 시는 이미 합의된 문법으로는 허용되지 않을 말이 기어이 트일 때 시작되는 것이자 낯선 말을 재료 삼아 이전엔 없던 세상을 만드는 것으로만 이해되기 때문이다. 신미나의 시가 시작이 아니라 지속을 화두로 삼는다면 시가 세상을 어떻게 겪는지에 따라 다르게 밝혀질 '지속'의 진의에 대하여 곱씹을 필요가 있다.

시인은 지금 이곳을 끝내 떠나지 않는 (어쩌면 떠날 수 없는) 이가 행하는 움직임으로 자주 시의 장면을 채운다. 연이

끊긴 "아기"를 찾기 위해서 사태에 대한 잘못을 자신이 짊어지고 "해골 더미"를 열심히 헤매는 상황이나(「틀」), 좋은 것은 자신보다 다른 이에게 먼저 내주는 일에 익숙한 자매가 어렸을 적의 기억이 남긴 슬픔을 덤덤히 어르며 무르익은 여름날의 경계를 가로질러 가는 상황(「여름의 잔디 구장」)이 담긴 시편 등이 여기에 속할 것이다. 이때 시는 어딘가 아귀가 맞지 않는 일들이 부정합의 형태일지언정 "또" 이어지는 바람에(어긋난 시간이/다시 뼈를 맞추고 있습니다//비슷한 것이/또 완성되었습니다, 「틀」 부분) 도무지 벗어날 수 없게 된 세상의 지속되는 절망을 직시하거나, 혹은 그로부터 만들어지는 리듬을 따르는 편에 몸을 싣는다.

한편 "가난은 부끄러운 게 아니라"는 "목사님"의 말 때문에 가난이 수치스러운 무언가가 되고, "무슨 잘못을 했는지/말해보라"는 종용이 죄를 계속 부추기는 사회에서 일어날 법한 구원을 향한 어긋난 바람을 보여주는 시(「파과(破瓜) 1」)에서는 이런 상황은 제발 깨졌으면(破) 하는 공격적인 어조로 들리기도 한다. 이는 지금 세상에서 지속되지 말아야 할 것 중 하나로 기만성을 꼽는 듯싶고, 그로부터 어떤 이는 씨앗의 형태로 이루어진 경각심을 건네받아 다른 눈을 뜰 수 있을 것 같다.

방금 우리는 신미나의 시에서 자주 포착되는 장면을 일컬어 '떠나지 않는 이의 움직임'이라고 했지만, 실상 이것은 끝이 가늠되지 않은 채 계속되는 세상에서 어디 먼 데로 도

망치지 않는 이가 자신에게 주어진 상황에서 살아 있으려면 어떻게 해야 하는지 책임을 다하는 형태의 움직임에 가깝다고 해야 할 것이다. 첫 시집 『싱고,라고 불렀다』(창비 2014)에서 다른 곳으로 달아나지 않으면서도 새로운 곳을 내다보고 싶은 마음과 씨름하느라 종종 몸속 어딘가에 숨어 있는 실핏줄을 당겨 뒤꿈치를 들어 올렸던 시인은 이번 두번째 시집에서는 여기 너머로 가지 않는 여전한 그 자세로 지금 이곳을 향한 시선의 깊이를 터득한 모습을 보인다. 요컨대 신미나는 우리 삶에서 무엇이 지속되어야 하고, 무엇이 멀어져야 하는지를 곰곰이 살피는 위치에 발붙이고 서서 '세상의 진짜를 어떻게 가려낼까' '무엇이 진짜일까'를 묻는다. 그것을 다부지게 시로써 한다. 실망스러운 무언가가 '나'를 둘러싸고 있다 해도 어떤가, 거기에서 진짜와 진심을 찾는 움직임을 중단하지 않는다면 파국은 사라지고 계속되는 사랑을 지킬 수 있는 것이다(「복숭아가 있는 정물」). 시인에게 깊이 있는 시선으로 지금 이곳을 살피는 행위란 곧 작품에서 그리는 현실의 정체를 '있는 그대로의 현실'로 축약해서 받아들이는 것이 아니라, 몇번이고 그 움직임으로 진실의 실감을 전하기를 시도하면서 진짜 살아 있는 순간을 맞이하는 과정과 같다.

2

앞서 말한 그 이유로 이 시집의 첫 시가 「지켜보는 사람」인 점은 의미심장하게 다가온다. 이 시를 이루는 대부분의 문장은 사이사이에 숨구멍을 품은 듯 앙장브망(enjambement, 구의 걸침)으로 되어 있다. 그래서인지 시에서는 "한알의 레몬"과 그것을 '지켜보고' 또 그것에 대해서 '말하는' 사람이 맺는 관계가 천천한 속도로 조심스럽게 드러난다. "레몬"은 "눈을 감아도" "레몬으로서 있"고, "그것을 치"운다고 해도 "과거형으로 존재"하며 "레몬빛으로 남"는다. 시인은 바로 그 "레몬빛"으로 남는 순간에 주목하면서 "그것이/사실이라고 믿"을뿐더러 "진심으로 보인다"라고 말한다.

모든 시는 어떤 대상을 "고유명사화"할 때 출발한다지만* 「지켜보는 사람」은 레몬을 고유명사화하는 데에만 골몰해 있지 않다. 보통명사로서의 레몬을 고유명사로서의 레몬으로 만들기 위해 애쓰면서 동시에 자칫 레몬이 고유명사의 자리를 차지할 때 발생할 탐미적인 대상으로의 전락, 즉 물화(物化)되는 상황이 닥칠 수 있음을 경계한다. 시인은 거듭 자세를 바로잡는다. 그러니까 레몬을 지켜보는 이도 눈을 감으려 하는 이도 시인인 '나'이지만, 이러한 '나'와의 관계

---

* "'예술'이라는 것은 삶과 세계를 끊임없이 '고유명사화'함으로써만 존속한다", 이장욱 『나의 우울한 모던보이』, 창비 2005, 97면.

를 통해 "레몬"이 부정할 수 없는 "사실"로서의 "있다"라는 말을 체득할 때 시인은 시선의 주인이 이미 '나'만의 것이라고 할 수 없는 처지에 있다.

시는 레몬 또한 '나'에게 자신의 시선을 돌려줌으로써(레몬은/레몬빛으로 남고), 그리고 '나'와 레몬의 관계가 살아 있는 순간에 이 둘을 둘러싼 세상 역시 더불어 드러나게 함으로써("진심으로 보인다"라는 마지막 구절을 통해 진실이 살아나는 상황을 보라!) 레몬이라는 생명이 있다는 "사실"을 존중한다. 이때 '나'와 레몬과 세상의 고유성은 성취된다. 시집을 관통하는 태도를 독자에게 소개하는 자리에 놓인 이 시가 '나는 테이블 위에 있는 레몬을 지켜본다'와 같이 '나'를 주인으로 둔 문장이 아니라 "한알의 레몬이/테이블 위에/있다"로 시작하는 까닭도 여기에 있을 테다. 레몬은 이제 '나'의 눈을 벗어나 독립적인 실체로 있거니와 그렇다고 해서 레몬 홀로 깨끗이 닦인 테이블 위에 남겨져 있지도 않다. 그저 레몬의 "그림자"를 살필 줄 아는 이와의 관계를 통해 삶의 구체성을 획득해간다. 시인에겐 진심어린 이 상황이야말로 '진짜'다. 마지막에 배치된 「론도」에서 '나'와 "새"가 맺는 관계(새를 생각할 때는 새만 생각해/새가 리듬을 통과할 때까지/내가 새를 볼 때/새도 나를 보듯이) 역시 이와 다르지 않겠다.

3

우리는 이제 수록된 시편들 전반에서 지어질 시의 표정을 다음과 같이 상상해보아도 좋겠다. 이를테면 삶이 우리 일상에 자꾸 생경한 상황을 연출하여 당혹감을 안겨준다 해도 거기에 크게 동요치 말고 도리어 그걸 잘 들여다볼 필요가 있다고 독자를 다독이는 모습으로. 우리를 둘러싼 세상의 일이 다 정해진 것으로 보여서 사는 게 지루할 이에게 그럴 때가 아니라고, 지금 세상에서 읽어야 할 것, 들어야 할 것, 찾아야 할 것이 여전히 많다는 비밀을 누설하는 표정으로. 이런 시는 세상에 내려앉은 비극성을 비애감 그 자체로만 구현하지 않는다. 특히 죽음에 대한, 다르게 말해 '잃어버린 것'에 대한, 의도치 않았지만 '헤어질 수밖에 없었던' 이들을 떠올릴 때마다 차오르는 슬픔에 대한 시편들에서 신미나 시 특유의 허물없이 행해지는 세상의 진심을 향한 탐구는 두드러진다.

"내 쪽"을 먼저 바라보는 "흰 개"가 "오래전에 죽은/나의 할머니인 것"을 알아차린 뒤 그이와 같이 걷기도 하고 "오랫동안 끌어안"기도 했다는 장면이 차분하게 이어지는 「흰 개」, "내가 태어나기도 전에 죽은 언니"가 "내 얼굴을 하고" "마루에 앉아" '나'와 함께 "메밀국수"를 먹으며 '나'의 곁에서 "마흔"과 "예순"을 채워가는 상황을 그린 「파과 2」, "안전모를 옆구리에 끼고" "방진복을 입"은 채 집이 아니라 "냉

130

장고 속처럼 환한"불빛"으로 사람을 해하는 일들이 벌어지는 "언덕 위"로 가는 "막내"를 향해 '나'의 목소리를 방백처럼 띄우는 「늑대」, 그리고 "히로시마에서 가져온" "단풍 만주"를 앞에 두고 나누는 대화 사이로 나타난 "검은 버섯구름"과 "조선인의 시체를 덮은 재"로 이루어진 이야기에 주파수를 맞추는 「히로시마 단풍 만주」 등, 수록된 순서대로 언급한 이 시들은 모두 세상에 있었다가 모종의 사건을 계기로 (대체로 사회적인 사건이 개입함에 따라) 영문도 모른 채 사라져버린 존재들과 함께 있다. 누군가에게는 세상에 없는 존재들로 대우되는 이들을 등장시킬 때, 시는 마냥 슬프지만은 않은 감정을 ─ 슬프면서도 반갑고, 반가우면서도 짠하게 생생한 그런 이름 붙일 수 없는 마음의 스펙트럼을 ─ 형성한다. 그이들과 나란히 있는 마음이 연민으로 굳어지지 않게 하는 것이다.

　여기에서 우리는 으레 시간 바깥에 있으리라 여겼던 이들이 지금 이곳을 함께 이루는 풍경을 본다. 그이들의 죽음은 지금을 사는 우리에게 무턱대고 새로운 미래에 가닿으라고 부추기지 않는다. 그보다는 지금 이곳에서 이루어지는 생의 기록이 재(災)의 기록과 이루어진다는 것을 당부하는 편에 더 가깝다. '잃어버린 이들'을 여전히 '이 세상 존재'로 마주하는 신미나의 시는 현실의 전부라고 알려진 시간을 초월한 자리에서 살아가는 이들이 연결될 때에야 가능한 역사와 문명을 제시한다.

때때로 이는 불길한 꿈의 한 장면처럼 그려지기도 한다 (꿈에서/소가 된 당신을 들고 울었다/배가 갈라진 당신을/천진한 분홍색 내장을//(…)//우리는 왜 다른 종(種)으로 태어납니까/지옥은 자꾸만 태어나는 반복입니까,「생물」부분). 시집 곳곳에서 마주칠 수 있는 비현실적이고 기이한 상황은 비단 현실에서 사라진 존재들의 죽은 숨을 살려내 그이들을 다시 제대로 존중하기 위한 방편으로만 활용되지 않는다. 이는 어떤 이들의 고통이 역사와 문명을 첨예하게 심문해왔던 바를 보여주는 장치로(인부들이 커다란 은행나무 가지를/톱으로 잘라낸다//왜 자르는 쪽이/소리가 더 큰가,「심문」전문) 쓰이기도 하는 것이다. 이 같은 방식을 통해 시는 감상성에 휘둘리지 않으면서도 에두르지 않고 지금 이곳의 고통을 다스리는 길에 이른다. 그 어떤 숨결 있는 것들과의 연결도 두려워하지 않고, 그렇다고 해서 자신의 성스러움에 취해 있지도 않으며, 지금 이곳이 지속될 때 느껴질 법할 무서움과도 상대하면서. 그 길이 말 그대로 고통스러울지라도, 그를 다스릴 줄 알 때 이룩되는 진심이 세상의 진실 또한 구축하리라 믿으면서. 신미나는 고통을 다스리는 시인이다.

4

고통스러운 순간에 처하면 흔히 제압되거나 맞서거나 하

는 이분법적인 태도로 대응하기 쉽다. 그러나 이 같은 이분법적인 대응은 (어쩌면 좀처럼 가라앉지 않을) 고통을 몰아낼 수 있다는 환상을 남기면서 폭력을 지속시키는 결과를 낳을 때도 있고, 고통을 해석하면서 역동적으로 반응할 수 있을 인간 행위의 복잡성을 가리는 상황을 만들 수도 있다.* 반면에 고통을 다스리는 태도는 표면적으로 수동적이고 소극적으로 보일지언정, 고통과의 마찰을 회피하지 않는다. 고통을 기꺼이 수용하고 적극적으로 다스리는 대응은 고통을 끝내 치유와 창조의 힘으로 전환해낼 가능성을 지닌다.

신미나의 시는 고통을 다스리는 중에 드러나는 삶의 실체를 믿어줄 필요가 있다고 말한다. 고통의 바깥으로 나가는 방법은 고통을 관통하는 길밖에 없음을 일찍이 알아차린 것이다. 이번 시집 곳곳에 등장하는 삶의 갖은 신산한 풍경이 비참으로만 읽히지 않고, 사이에서 터져 나오는 생의 잡히지 않는 꿈틀댐 같은 것으로 읽히는 이유도 여기에 있다. 무엇보다 삶의 고됨을 피하지 않고 겪어냈을 때 생겨나는 끈질기고 억척스러운 힘이 시선을 먼저 붙든다. 가령 "손이 천개"라 해도 "세상의 눈물을 닦을 수" 없으니 "봄에 난 콩 싹처럼 웃"을 것, "해를 피하지 않는 해바라기처럼 용감"할 것, "물 만난 오리처럼 신나게 목해"볼 것, "비 온 뒤 제비처럼 까불" 것, "분수처럼 솟구"칠 것, "쪼개고 쑤시고 부러뜨"리

* 김미덕 『페미니즘의 검은 오해들』, 현실문화 2016, 123~24면.

고 "톱날의 요철과 같이 벌떼처럼 화를 내"며 "이히히" 살아 있을 것을 제안할 때(「탱화 3」), 이는 고통을 다스린다는 것이 곧 삶에서 중요한 게 무엇인지를 잘 따져가며 살기 위한 간절하고도 충실한 제의일 수 있다고 일러주는 듯하다.

우리는 이제 신미나의 시에 깃든 세상의 지속에 대한 물음이란 지금 이곳의 실질적인 고통을 상대하는 방법을 찾는 일과 같음을 안다. 그러니 '마고'*가 등장하여 "제명과 맞바"꾸면서까지 사라지려는 생명을 일으켜 세우고, "눈보라 속에서도 꺼지지 않는 불티"를 구하는 「마고 1」의 페이지를 대충 넘길 수 없다. "장사치"로 떠돌다가도 "채반 위"에 액운을 물리치는 "팥 한알"을 두고 가는 할머니의 삶을 경유하여 이어지는 "높고 슬픈 노래"가 많은 이들을 살려내기도 한다는 걸 보여주는 「마고 2」를 가벼이 여길 수 없다. 고통을 다스리며 살아온 세월을 자부해온 이가 "사랑의 피로"를 바탕 삼아 "싸우듯이 기도"할 때 결국엔 엉망인 세상도 감당해내는 상황을 펼쳐내는 걸 보면서(「국화가 있던 자리에 국화가 사라지듯이」) 우리는 삶을 쉽게 조롱하지 않으면서도 골똘히, 그리고 묵묵히 그 삶을 이고 가는 이들의 태도에 경배를 표하게 되기 때문이다.

신미나의 시는 고통이 만연한 세상에 정직하게 귀의한다.

---

* 거인성을 기반으로 산천의 일부가 되는 창조성을 발휘하는 신화 속 존재이자 소외의식을 느꼈던 옛 사람들의 절망감을 표현한 설화 속 존재. 조현설 『마고할미 신화 연구』, 민속원 2013 참조.

이 세계는 어째서 아직도 이런 모양새냐며 볼멘소리를 내뱉기 이전에, 하루에도 몇번씩 "훼손"되고 "복원"되면서 "빛이 고"이는 자리를 마련하는 두부와 같이(「연두부」), 또는 막을 수 없는 일들이 "귀"에 불수의적으로 스며들어 "눈도 코도 입술도 문드러"졌음에도 "사랑"을 전할 줄 아는 석조보살좌상과 같이(「옛터」). 이를 어디 머나먼 신성한 곳으로가 아니라 지금 이곳, 우리가 사는 삶 한가운데로 '귀의한 시'로 읽어도 무방하지 않을까. 언어유희를 섞어 보태자면 지금 세상의 리듬을 통과할 줄 아는 '귀한' 시로.

한 사흘 조용히 앓다가도 밥물이 알맞나 손등으로 물금을 재러 일어나서 부엌으로 가겠다고 무던히 말하던(「이마」, 『싱고,라고 불렀다』) 시인의 첫 시집 첫 시에 담긴 심정을 나는 이제야 이해할 수 있을 것 같다. 고통을 다스리는 일은 살아 있는 모두를 살뜰히 살피는 일과 같고 이 모든 것이 "콩비지가 끓는 동안"의 일일 수 있다는 사실에 대해서도(「콩비지가 끓는 동안」). 고됨 속에서도 계속해보려는 삶이란 시의 순정한 높이를 이룩하는 모습과 다르지 않다고.

梁景彦 | 문학평론가

맨바닥에서
제 무게를 이고 있는
그릇의 굽

그 높이를
당신이라 불러도 좋겠습니까

늦어도 천천히 오라고
기다려준 이들에게
이 노래를

함께 살아줘서, 고맙습니다.

2021년 3월
신미나